Edition Belletristik

LEA SCHNEIDER

INVASION RÜCKWÄRTS

INVASION RÜCKWÄRTS
LEA SCHNEIDER

QUARTHEFT 55 / EDITION BELLETRISTIK
1. AUFLAGE
ISBN 978-3-940249-63-0

© 2014 VERLAGSHAUS J. FRANK | BERLIN
Chodowieckistraße 2 // 10405 Berlin
Alle Rechte vorbehalten.

www.belletristik-berlin.de

ILLUSTRATIONEN: Andreas Chwatal
GESTALTUNG: Andrea Schmidt
SCHRIFT: Auto, Futura
BUCHDRUCK & BINDUNG: SDL Buchdruck, Berlin / Printed in Germany, 2014
PAPIER: 90g/m 1,5-fach Munken Print White, 280g/m Alster-Feinleinen

Das Zitat „Ton devoir est d'affronter la réalité" von Luchino Visconti wurde dem
Film „Ludwig II." übernommen.

Alle Titel, die im Verlagshaus J. Frank | Berlin erscheinen, werden im Literatur-
archiv Marbach, im Lyrik Kabinett München und in der Deutschen National-
bibliothek archiviert.

INVASION
RÜCKWÄRTS

LEA SCHNEIDER

Update. The magicians explain why they failed.
(Paul Violi)

TRIAL &
ERROR

angenommen, das alles passiert und wir schauen es bloß an. unser alltag wird kino, nur aus dem saal kommen wir nicht mehr raus. dafür ist er jetzt etwas größer und umfasst auch eine kochgelegenheit; prinzipiell verändert die lage sich kaum. was neu ist: die phasen des zweifelns. es kommt vor, dass wir sämtliche abschürfungen auf der haut des puddings im kühlschrank dokumentieren und denken, das sei keine wichtige aufgabe. dass wir unsere arme festhalten wie anfänger einen regenschirm. dabei wissen wir doch, der traum vom fliegen impliziert die fähigkeit, loszulassen: entspanntes abwarten wäre die haltung der wahl. ist es das, was man uns sagen will? wir möchten nicht drängeln, aber unser interesse an diesem film nimmt ab.

schon klar, es war ein fehler, hier einfach so rein-
zugehen: die andern längst weg, nur hinter dir,
wo der eingang war, sitzt noch was, das schnurrt
und riecht ein bisschen faulig. es erinnert an
zerliebte pullis, scheint weiter aber nutzlos zu sein.
gedämpftes hämmern: draußen bauen sie schon
ab. vielleicht, denkst du, sollte man sich langsam
fragen, ob das schnurrige ding essbar ist. trial &
error, denkst du, man kann doch so schön verlieren,
warum kriegst du das eigentlich nie hin? neben dir
stapeln sich stoßweise pläne, vor dir stellen sich
fragen auf schuhschränke, in denen du vermuten
kannst. mach das mal. von draußen ist nämlich
nichts mehr zu hören, und das ding, sichtlich
besorgt, würde dich gern fragend anschauen,
ist sich aber nicht sicher, ob es augen hat.

begründen üben, z. b. so. inseln: fußnoten vom festland. einsamkeit in bungalows: absichtlich, eine gelegenheit für zweckentfremdung. nehmen wir an, du kannst dich für zufall entscheiden. nehmen wir weiterhin an, das ende der welt sei noch gar nicht passiert. der morgen, der danach sein sollte, liegt in einer pfütze, saugt sich voll, bis er groß und weich ist, ein spülschwamm mangels geschirr. pfützen sind das einzige, was nach weltende aussieht, apokalyptische accessoires am strand. falls doch was passiert ist, taucht das erst viel später auf, an einem punkt, wo die handlung so fortgeschritten ist, dass du sie nicht mehr abbrechen kannst. es ist sonntag, und der punkt befindet sich unter einem stuhl in der bungalowküche, aber das weißt du nicht, sonst wäre es kein zufall. bei schweren entscheidungen empfehlen die ratgeber: zeit gewinnen durch alltagstätigkeit, z. b. das spülen von geschirr.

haftungsausschluss: hat man sich weit genug entfernt, wirkt alles fehlerfrei. wie eine aufblasbare landschaft, sie hat genau die richtige größe. für ein vorläufiges wir, das erstmal nur dasitzt: materialsammlung, aber entscheidungsfähig. aus wie vielen teilen es besteht, ist zu diesem zeitpunkt noch nicht ganz klar – wenn es durch seine körper blättert, fehlt immer einer, aber nie derselbe. die schwierigkeit ist bekannt, man hat schon lösungen vorgeschlagen, und weil es sich gut anfühlt, etwas zu reparieren, tut man das auch weiterhin. eine option wäre, das unfertige als ideal anzunehmen, so richtig befriedigend findet das aber niemand. provisorisches lässt sich nicht anfassen, nur angucken; für handwerklich interessierte ist das ein problem. sie haben sich direkt zu beginn für perfektion entschieden, seitdem fällt ihnen alles andere schwer.

ernte ohne säen, wasserfarben, zwischen die
berge geklemmt. das pferd ist müde aber dabei,
die ganze sache too big to fail. zwanzig jahre
investiert, immer ergebnislos, exzess, so scheints,
reicht nicht aus. grade mal 50% unsterblichkeit,
den rest versoffen oder nie gehabt, war bloß
ein verhörer oder ein mies gelaunter gott. der teil
von ewigkeit, der schon hinter uns liegt. zwanzig
jahre anrennen und dann doch der trick mit dem
pferd, am ende haben alle so wenig motivation
wie der erfinder schon zu beginn. die letzte
gute idee wird im park ausgesetzt. grasen,
nuckeln an klimax, und klar, was dann kommt.

an manche ängste gewöhnt man sich. oblomo-
phobie zum beispiel: die angst vor denken und
tun. sie entsteht aus der erkenntnis, dass die
meisten probleme sogar dann langweilig sind,
wenn man sie selber hat. man kann daher nichts
machen – was vielleicht funktioniert. vielleicht
zwischen barocken fragestellungen (wie wirft man
die schönsten falten, wie geht gegensätzlichkeit)
ein bühnenbild bewohnen, stillleben mit sofa und
schnaps. vielleicht mit gegrilltem dazu. vielleicht
ist es eine grillparty, auf der er sich eröffnet, der
zusammenhang von langeweile und wahrheit: die
eine ist bedingung der anderen, und die stellen
dazwischen hat man so lange nicht mehr geputzt,
dass sie mittlerweile verwachsen sind: ein voll-
gestopfter kostümfundus, unseriös wie ein kaktus.

Chasing sheep is best left to shepherds.

(Michael Nyman)

augen, babies, utopien, schmetterlinge: die meiste angst habe ich vor sachen, die man leicht zerstören kann. die, wenn kaputt, sofort für immer sind. ihre verletzlichkeit ist ein problem der form, deshalb kann ich nichts daran ändern. es ist ärgerlich, dass das nicht geht. dass insgesamt so wenig großes stattfindet. ich muss niesen, um mir die zeit zu vertreiben, und fühle mich unterschätzt. als sei ich nur das seltene tier und nicht die umfassende abhandlung, die ein zoologe darüber geschrieben hat; nur eine diode und nicht der schaltplan. aber ohne abstraktion keine handlungsmacht. dabei bräuchte ich bloß genug autorität, um „liebe" zu sagen. ein sehr großes risiko, das – aus anderen gründen – belohnt wird. das entweder wirklich alles zerstört (version: ewigkeit) oder alles repariert und einen stabilisator einbaut, ein upgrade, mit dem man es auch im alltag benutzen kann.

das problem ist, man kann leuten nicht immer träume in den arsch schieben und hoffen, dass sie irgendwann im kopf ankommen. ich weiß, das mit der zukunft haben sie schon wieder geändert, aber da kann ich jetzt auch nichts machen, es fühlt sich einfach nicht danach an. das ist wie mit dem mittwoch: meistens sieht man ihn kommen und tut trotzdem nichts. symbolsex, ja, und später ist man dann aus dem gröbsten raus. in fast jeder situation habe ich diese vorläufig gelogene lust, nach hause zu gehen: die abkürzung zu finden. und wenn ich das geschafft hab, setz ich mich neben die spüle und baue ein schiff aus löschpapier: eine garantierte titanic, vielleicht auch zwei, auf vorrat, für später.

VON DER SCHWIERIGEN UNTER-SCHEIDUNG ZWISCHEN WERKZEUG UND WAFFE

sonntagsfrage: wie weit darf ich da reingehen, bevor es nicht mehr okay ist? und was war das nochmal, das ich lieben sollte? die rapsfelder wummern. halt mal kurz, ich bin gleich wieder da. habenwollen als lebensform – es wäre gut, wenn ich irgendwas davon heilig sprechen könnte: kornblumen oder segelflieger, die flirrende remission, die vom seitenstreifen zu uns rüberweht. nicht loslassen jetzt: der horizont eine wand, wir reihen unsere sorgen auf und stellen sie dagegen, streicheln die halme entgegen der wuchsrichtung. reste von frontstellung, von unbeholfenen glocken in der luft: ein schlecht lanciertes product placement als versuch von langstreckenglück. darüber lacht man nicht, das hält mindestens drei generationen, wie gusseisen und hochzeitsfotos, das denkmal für kriegshelden, im kreisverkehr hinter uns.

schonzeit, flecken auf glück auf asphalt. vielleicht lässt es sich so erklären: man geht eine straße entlang, und die entsprechenden sorgen sind nicht klein, sondern sehr weit weg, integrieren sich unwesentlich am horizont. spürbar, als nähme man einen gewichtslosen gegenstand in die hand: blätter in schachteln, handliche räume, gefüllt mit verfall. wenn die tage schrumpfen, tun sie das nicht allein. weiblichkeit z. b. geht genauso. sie entsteht aus dem bedürfnis, kleiner zu werden, und dauert, solang es sich nicht erfüllen lässt: ein universell anwendbarer herbst. die eigene oberfläche reduzieren, bis der dazugehörige körper verschwunden ist, bis regen einsetzt, die flecken erklärt, man schneller geht, versehentlich teil einer gruppe spaziergänger wird und spürt: unangenehm sind ihnen nicht die anderen, sondern das eigene überschneiden mit ihrer anwesenheit.

beim nächsten aufwachen hast du funktionen, von denen ich nicht weiß, wozu sie gut sind. kleine fehler im gesicht, reingreifpunkte, sie drehen sich um und träumen weiter, in die andere richtung. ich habe keine lust auf schlafen, versuche es aus höflichkeit. zähle, um nochmal müde zu werden, die weißen flecken: in den fingernägeln, dann in der biografie. spurrillen, tippfehler, als führe ein falsch geschriebener zug vorbei. dieses beispiel ist kostenlos, noch in der beta-phase. falls du jetzt wach wirst, kannst du einpacken, soviel du willst. reserven anlegen, einen vergleichswert, vorge- sorgtes am anderen ende des kopfes. es ist unklar, ob beispiele dort bleiben, während man schläft. ausschlafen gilt darum als riskant, auch wenn es eigentlich ein versuch ist, sich ums warten zu drücken.

und dann: epiphanie. auf dem sofa erkennt ein
protagonist den trost von gegenständen: ihre unbe-
dingte loyalität, wenn man sie aus schachteln holt,
gegenstand um den gegenstand herum, der ein
möglichst dünner rand ist, wie bei guter pizza (aber
auch die kommt in schachteln). in solchen räumen
ist man weder hilflos noch handlungsfähig, das ist
nicht, worum es hier geht. vom protagonisten sieht
man nur, was wichtig ist: hände, die auspacken.
weil das sicherste versteck an der oberfläche liegt,
finden sie nichts. die wirklichkeit begreift sich dort
als ablageoption, als möglichkeit eines frühstücks,
das der protagonist erst einmal stehen lässt.

ziegen. es gibt sie hier überall, wie einen geruch, der aus dem boden kommt. zwischen ihren hörnern verstecken sie je ein schwarzes loch. an dieser stelle sind sie nicht besonders tief und können ohne offizielle genehmigung betrieben werden; man sollte sich ja auch nicht an fakten halten, wenn es nur so wenige davon gibt. die lokale bevölkerung weiß, wie man mit lücken umgeht, kapital aus ihnen schlägt: die futterbäume in der näheren umgebung wurden bereits von der vorletzten generation abgeerntet, daher das ziegenmonopol. wie jede etablierte ideologie legitimiert es sich durch das allgemeine vergessen seiner entstehung. die gegenwärtige situation entspricht also unveränderlich dem naturzustand, der eine lücke ist, die man mit ziegen füllt. einmal im jahr werden alle zusammengetrieben, ein großes erntefest für die materie, die sich in ihnen verfangen hat. ansonsten denkt man eher wenig darüber nach.

verstehen, wie ein präparat funktioniert: wie körper schön werden, wenn man sie einfriert. das heißt, wenn man sie anhält: in die allgemeine bewegung hineingreift, den kontext abtrennt und etwas herausholt. raureif auf gräsern: eine amputation, der gleichzeitige versuch von absonder- und unsterblichkeit. übrig bleibt, was seltsam ist. aber das muss man vorbereiten: doppelkekse halbieren z. b. braucht übung, dreißig versuche oder mehr bis zur sauberen auflösung des ganzen in seine teile. ein ähnlicher schwierigkeitsgrad wie beim freilegen von gliedern, z. b. einer fahrradkette. da sich das substrat nicht betäuben lässt, beeinträchtigt gegenwehr das ergebnis der operation. es lässt sich an dieser stelle nicht vermeiden, die schrotthalden am stadtrand zu erwähnen: sammlerwert generiert man nicht ohne gewalt.

von der schwierigen unterscheidung zwischen
werkzeug und waffe: wir stehen in der mitte der
wiese unter einem pflaumenbaum und üben.
reality check: man kann alles mitessen, auch
die haut. es ist ein bisschen kompliziert, aber
du kriegst das schon hin. musst es nur probieren,
unterm primat der prozesshaftigkeit, wenn plötzlich alle entitäten im urlaub sind und die linien
dazwischen sichtbar werden, das fallobst und
die flecken im teppich: wünsche in übergröße,
die gehen nie wieder raus. so wenig wie das
ärgerliche aus einer ethik im futur II: sie macht
aus jeder bewegung ein tanzen mit der rückseite
des eigenen spiegelbilds, eine krampfhafte
verträumtheit am rand des wohnzimmers, wo
wir stehen, uns vorläufig entschieden haben.

dornröschenprinzip: strategisches schlafen. wir sitzen im wartezimmer (failed state) und erinnern uns an die normalität, hören geräusche, den strom in der wand. plötzlich wacht einer auf, verpasst die beste stelle in seinem traum, legt das rückporto bei und hofft (dilettantischer buddhist). wir werfen ihm sein unsolidarisches glücklichsein vor. er tut so, als gäbe es jeden tag eine neue art, vom tisch aufzustehen; als wären unsere innenleben direkt von ikea, mit weißem lack und rentiermuster. niedlichkeit ist jetzt keine option, wir müssen vorsichtig sein. jeder raum enthält mindestens eine utopiegefahr, außerdem kaffeelöffel, stifte, blumentöpfe und fahrstuhleffekte: dinge, von denen man erstmal lernen muss, warum sie gefährlich sind.

DER HIMMEL
EIN BLAUER
FLECK

DER HIMMEL EIN BLAUER FLECK

ich wiederhole mich. irgendwo weiter vorn, wo sich der archetyp-modus eingeschaltet hat: weben, auftrennen, tausendundeine korrektur. zeit gewinnen, in der ich fäden lösen kann, die legosteine, plattenbauten, stück für stück auseinanderrupfen, die burg schleifen, abtragen bis zur hartplastik-basis, auf der sie steht, und dort ein schutzgebiet einrichten, standheizung inklusive. sofern meine sicherheit das braucht: wärmezufuhr. ein mittel zur fixierung, wie prittstift oder redundanz. die schachtelgeschichten bis auf schulterhöhe stapeln, dann sofort wieder rückgängig machen, unerfüllbarkeit als erweitertes kriterium ihres gelingens. worauf es ankommt: kein ende zu finden, sondern fehler im plot, die ich ausbauen kann. ein versteck im cliffhanger, im ständigen verweisen, vor und zurück.

verliebte motten, kurz vorm tod. nachts auf der terrasse siehst du aus, wie irgendjemand anders sich dich vorstellt: müde und ein bisschen gelangweilt, die traurige schöne, sie hüllt sich in schweigen. in verschiedenen größen und ausführungen, bis es dir aus der nase läuft. aus russischen romanen weißt du, dass alles, wirklich alles, bei passender gelegenheit fürchterlich schiefgeht. fraglich also, inwiefern sorgen berechtigt und nicht bloß automatismen sind. oder etwas, das zwar nach bedeutung klingt, aber eigentlich nur für die fans existiert, wie ein konzept bei star trek. eine gewohnheit, in den subraum gestopft. du tust das nicht gern, nur oft: irgendwo muss sie ja hin. braucht eben platz, dein versuch, den anderen richtigzustellen – ein bisschen tramplig, auf der suche nach publikum.

du folgst dem nimmermüden kindchenschema. verhalten in den definitionsgrenzen eines meerschweinchens, so niedlich wie möglich und immer kaputt, wenn man zu fest draufdrückt. bist selber schuld, macht das jemand, selbstverständlich wie wetter, wie himmel, ein blauer fleck in der kniekehle, der sich verfärbt. plötzlich zu spät, um im hellen nach hause zu gehen. zwingt dich jemand in dieses spiel? in regeln, die er dir nicht setzt. nummer eins: nimm schuhe, in denen du rennen kannst. nummer zwei: passiert was, hast du nicht richtig aufgepasst.

ende dezember, fettfilm auf den sätzen und wurm-
löcher im jahr. der atem hockt unten in der lunge
und will nicht rauskommen, ein ängstlicher rabe,
eingewickelt in drei tage geschenkpapier. ein hd-
moment, alles großgeschrieben und die finger
gekreuzt, wie balken in der decke, die hände
ineinander, halten die luft an, halten dicht. eine
paradoxe intervention in den hohlraum zwischen
ihnen, wo atmen ein zweifelndes geräusch ist, eine
frische farbkruste: juckt es, heißt es, drunter heilts.

wenn der ausblick gut ist, ist er ein spiegel. ich sehe mich, sehe die türen im schnee. wege in die bodenlosigkeit, sie führen durch ein bild an der wand, eine schwarze form, die entweder ein vakuum abbildet oder darauf hinweist, dass die weiße fläche um sie herum eines ist. ich mache mich unsichtbar wie feinstaub und beginne einen streit auf molekularer ebene; hier sind viele fragen noch ungeklärt. was z. b. ist mit dem boden passiert? und wenn jetzt jemand an mich denkt, denkt er dann an nichts? die antwort liegt mir auf der zunge, aber da kann ich sie nicht sehen. vielleicht ist es ein problem, dass die welt ohnehin schon so viel raum einnimmt, vielleicht hängt es auch davon ab, wer es ist, der gerade an mich denkt. ich war schonmal hier und kenne meine wege – wenn er nicht aufpasst, bleibt er zurück. im unsichtbaren: ein mikro-organismus, den ein anderer körper, ohne es zu bemerken, am leben hält.

schweigen: ein zustand in deinem mund. nicht
bloß stille, sondern die entscheidung dazu. sie
funktioniert nur in gesellschaft, darum rufen wir
uns ständig an. eine telefonkette, die abhängig-
keit versichert sich ihrer existenz. zwei, die sich
an den schultern halten; sagen wir, sie stehen
am ende des 16. jahrhunderts und brauchen
beide unterstützung. die sie sich geben, auf einer
zeichnung, am rand eines buchs, im museum für
islamische kunst, berlin. eine vorbereitende
übung. im oberen ausstellungssaal haken wir ein,
ornamente an der wand, von denen man uns
nicht unterscheiden kann: aufgehen in der oberfläche, ein pfau-effekt. wir arbeiten schon eine
ganze weile daran und hätten nicht gedacht,
dass er so schnell gelingt. halten uns links oben
in der ecke, atmen ineinander, warten ab.

ein schnurren passiert. klingt, als könnte es jederzeit aussterben, sich aber zeit damit lassen, in der wir zusammen sind, an einem tisch zum beispiel, darauf lieben beide hände bedingungslos den henkel einer tasse. eine übersprunghandlung: wie bei hühnern, die zwischen a und b wählen müssen und deshalb c machen, in endlosschleife. es gibt keinen grund, nur ein entscheidungsproblem. eine große geste, die ich ablesen muss, weil bisher nicht genug zeit zum auswendiglernen war. hier stellt sich die frage der praxis: kann es verschiedene realitäten geben? mit unterschiedlicher wahrscheinlichkeit. unsere z. b. existiert ziemlich sicher, weil wir es auch tun. ein korollar, eine folge guten timings, für das ich nichts kann und das ich trotzdem immer wiederholen will.

A line distinguishes it. A line just distinguishes it.

(Gertude Stein)

es ist nicht willkürlich, was wir tun. aber was tun wir mit dem tod? ein beispiel des auslassens. was war vorher da? personen auf einer mauer, in der nähe eines sees, eine weile lang. du siehst die weile, von innen und von außen, kannst sie aber weder in die eine noch in die andere richtung verlassen. weil sie keinen beweis braucht: es ist nicht notwendig, dass du rausgehst und anderen davon erzählst. eine ohnehin kollektive erinnerung, wie der schatten des mückenschwarms am gegenüberliegenden ufer. er verändert sich mit der gleichen geschwindigkeit wie du, daher das gefühl von stillstand. aber die bewegung ist noch nicht vorbei: eine straße, die immer weiterführt, gefährlich nah an diese stelle, wo dein deal mit der landschaft ungültig wird. sie erfordert eine entschuldigung bei deinem schutzengel: war nicht so gemeint, ging bloß nicht anders.

THE MAGICIANS EXPLAINED WHY THEY FEEL.

UNGEFÄHRE OBJEKTE

mit der funktionalisierten vorläufigkeit einer ulmer
schachtel geht der september zu ende, und immer
noch sind fast alle da. wenn beim durchzählen
einer fehlt, erklärt der anführer das mit eitelkeit.
wir lassen die spuren des sommers verschwinden,
sein schluss misslingt, diesmal auch. keine pick-
nicks mehr. morgens ist der himmel ein exposé für
kindheiten, die wir nicht haben wollen. den vormittag über kehren wir licht von der straße, und
manchmal kommen die angreifer zurück. der anführer sagt, wir sollen uns keine sorgen machen,
aber ich glaube ihm nicht. ich denke mir lösungen
aus, die nichts mit mir zu tun haben, denke sie
daraufhin immer mit. wahrscheinlich fahre ich
bald nach hause. ich strenge mich an, nicht vorher
davon zu träumen: es soll eine überraschung sein.

kühlschrank auf: licht, sonst nichts. tag geht an, ein mittelgroßer und präziser vorgang. der name des künstlers ist nicht überliefert, aber ich bin hier, in der ersten szene schon, feine härchen auf den knöcheln, fraktale, in eine weiche oberfläche tauschiert. kein absetzen, die linie geht durch, überrascht sich selbst. ein anonymes lebenswerk. ich trage den anfang von etwas großem zur haut, trage ihn zur tür, es klingelt. diese version der welt habe ich nicht bestellt. ihren instabilen maßstab, die längenkreise kräuseln sich. hintergrund drängelt nach vorn. ein schimmelnder rest, der gern endlich landschaft wäre, grade und glattge-fressen. gerastert von einer zentralperspektive, die sein bedürfnis teilt, zu anfang schon fertig zu sein, ein-gerollt, ein spiel mit der spule, das nur gewinnen kann.

niemand hat damit gerechnet, aber der tag fängt gut an. in einem gebüsch hinterm spielplatz, wo du schonmal die lösung vermutet hast, findest du ein ungefähres objekt: es zeigt ähnlichkeit. wenn es geräusche macht, dann nicht, um sich in den mittelpunkt zu stellen, sondern um auf die möglichkeit aufmerksam zu machen. organisch und systematisch, ein reverser flokati, der nicht in den raum, sondern in sich selbst hineinwuchert. ein beispiel dafür stellt sich als dasselbe heraus. du nimmst es mit nach hause, ein schatten, der um die stuhlbeine streift, und bringst ihm tricks bei; schon nach wenigen tagen kann es die milchtüte mit einer nagelschere öffnen und dich aus seiner hand fressen lassen, marmelade und brühwürfel, wenn es frühstück sein soll. als repertoire wird es auch nach langem training nicht besser: da es sich selbst als objekt versteht, ist es immer etwas im weg.

eigentlich willst du nicht sehen, was da ist, sondern wie das licht auf ihm liegt. ein notwendiger akt von schönheit, er schimmert im wasser. spiegelt sich in wunschmünzen ohne wechselkurs, einem projekt jenseits der näheren zukunft. alles kann gerettet werden: du kannst glücklich sein und recht damit haben. recht haben ist, natürlich, das problem: der impuls, alles in den mund zu stecken, was du anders nicht verstehst, und die finger in den himmel, luftwurzeln über demselben gras. sie wachsen aus deinen taschen, wachsen an zu einer hoffnung, einem geflecht oder knäuel in hypertropher umgebung. das perfekte setting für schöpfungsmythen: wie es wäre, wenn es nicht anders wäre. nicht pflanze, nicht tier. aber immer schon da: ein uraltes lebewesen mit mehr als acht quadratkilometern ausdehnung, glücklich und eiweißhaltig, punktuell sichtbar.

es gibt vielleicht keine tür, aber ganz sicher
einen eingang – du musst dich nur entscheiden. reingehen also, an dieser stelle, und
kein ende für den garten finden, untergrasig
aber ein behältnis für bereits gespielte kiesel,
und dich, in originalgröße. der winkel, in
dem sie das wasser streifen. karpfenteiche,
löcher im denken, über die ein schwarm
noch nicht zu ende geübter gewohnheiten
fliegt. von nahem wirken sie ungefährlich,
wie schlupfige libellen. sickern hoch, flügel-
los und viele, erreichen die hügel, wo ein
tabu nistet, kuchen isst und tetris mit den
wurzeln spielt. (sykomoren, die vertragen
das. wie die meisten bäume sehen sie aus,
als sei ihre innenseite mit glasur bestrichen.)
luftdichtes schachteln, krustenzucker. du beißt
rein und knackst den code, versehentlich,
zentrierst die teiche, stellst sie scharf.

abends im skatepark, ein automat in der mitte, druiden in trainingsanzügen am rand. flutlicht, das sie in fäden ziehen, wie gratinkäse. ihre beziehung zueinander ist die entfernung, die sie von den jeweils anderen trennt: sie bleibt immer gleich, auch wenn einer seine position verändert. sichtbar wird das durch bewegung, durch die fadenlänge, die – wie jede entscheidung – der schwerkraft folgt: invasion rückwärts, langsam leert sich der platz, fließt alles ab und füllt klärbecken, auffangstationen unterm asphalt. was vom licht übrig bleibt (der überlieferte teil) betätigt sich als gloriole über dem off, einem gebüsch hinter der halfpipe, und der automat weiß: jetzt muss er gut aussehen. sein schatten ist der einzige, der nicht durchs haarsieb passt; an ihm erkennt man das fehlen des rests.

man kann es sich vorstellen, als hätten wir eine farbe gesucht. sie ist schwer zu finden, wie die kleine eule oben links neben der eins auf dollarscheinen. denken wir uns, diese eule habe geburtstag, jemand hat den garten mit girlanden geschmückt. bunte wimpel, farben an einer schnur. aus ihren zwischenräumen ergibt sich ungefähr der ton, den wir brauchen. die party-dekoration: eine lange kette, die das ziel unserer suche andeutet, dann immer weiter reicht. sie will für stimmung sorgen und weiß: wenn man lang genug wartet, tanzt immer irgendwer. erfolg versteht sie als frage des aushaltevermögens, was auch erklärt, warum sie meist mit verzögerung an ihm arbeitet; warum sie jede siegerpose für überleben durch mimikry hält. dreh die wimpel um, und eine krone entsteht: manche muster brauchen sehr lang, um sichtbar zu werden.

der anfang ist schmerzfrei. ein kleiner schubs und du bist drin, gehalten von einer bewegung, die man währenddessen nicht verlassen soll: sie verhindert schlimmeres. der ablauf ist bei jedem anders. ich z. b. sitze am anfang im zug, also werde ich erstmal ein zug und fahre durch die gegend. dann werde ich die gegend und liege da, mähdrescher durchqueren mich und kitzeln an meinen halmen. kurz darauf bin ich einer der mähdrescher und habe klee gern, werde dann das gernhaben an sich, konzentriere mich im bauch eines verliebten, wo es mir mit der zeit zu eng wird. ich werde daher der verliebte und merke nicht, dass ich direkt unterm haaransatz eine einflugschneise für sorgen habe. aus protest gegen meine unaufmerksamkeit werde ich ein büschel haare und winke den sorgen, aber landen will keine. da ich meinem vergangenen ich aus familiären gründen letztlich doch wohlwollend gesinnt bin, akzeptiere ich das und werde eine gruppe wolken. um den kondensationskern herum sind wir ein bisschen zerkratzt, aber dafür näher an der sonne als jeder vor uns.

»TON DEVOIR EST

vollversammlung. die berge ziehen sich zusammen, ziehen sich zurück. fläche wird frei, widerspenstig. wie urlaub an einem ort, an dem man eigentlich gar nichts macht, auch nicht urlaub, weil der ort so beschaffen ist, dass man das, was man normalerweise machen würde, nicht machen kann. oder sich zumindest nicht sicher ist, ob das angemessen wäre. die umgebung ist zerklüftet und hell; hell genug, dass man direkt ins hirn schauen kann. wir stehen im spotlight: batman schaut auf uns herab. selbst von seinem hirn kann man noch teile erahnen, wenn auch keine zuverlässige aussage darüber treffen. die debatte beginnt. es bilden sich lager, und schon nach wenigen stunden ist die gruppe zerfallen, vereinzelt wie die auseinandergefummelten flecken eines tarnanzugs. wenn sich zufällig doch mal drei oder mehr von uns treffen, werden sie sofort unsichtbar. man kann dann nur noch hören, wie mindestens drei stimmen ein referendum verlesen, das den urlaub für gescheitert erklärt.

die zikaden sind schon wieder beim refrain. vielleicht haben sie erkannt, dass jede aussage als zutreffend akzeptiert wird, wenn man sie oft genug wiederholt. erzähl das also weiter: dass es schön war und ein wenig dumm. hättest du etwa abgelehnt? viele ideen sind ja gut, wenn man sie grade hat, sie dauern dann bloß länger als gedacht. ein dilemma, das der kölner dom und der dialektische materialismus gemeinsam haben. das macht sie aber nicht zwangsläufig schlecht, weswegen wir an dieser stelle vielleicht auch einfach weitermachen sollten. die geschichte gibt uns recht, wir müssen sie nur erzählen. verlassen wir darum den balkon und gehen an den zikaden vorbei zum parkplatz des intermarché, wo die neue ordnung gestalt annimmt. es ist wie frühling, nur dass es sich viel besser hält: eine situation, die wir im nachhinein als großartig, aber irgendwie daneben beschreiben werden.

SO SICHER WIE ERDE IN EINEM FALLENDEN BLUMENTOPF

SO SICHER WIE ERDE IN EINEM FALLENDEN BLUMENTOPF

chlor und widerhall von der decke. weißt du noch, wie das geht? die pusteln auf der haut nimmst du als trotzreaktion. festgenähte seepferdchen, so sicher wie erde in einem fallenden blumentopf. so ist das, wenn man gruppe mit schutz verwechselt, den tag herausschält und dann bloß die schalen isst. stell dir vor, wie du probleme mit kleinen mündern küssen wirst, im sommer drauf, im wasser. plastikrahmen ums gesicht, die wirbel abgezählt, die zehen auch beim zweiten versuch eine ungerade zahl.

auf dem foto läufst du durch ein feld. schulter-
blick: man weiß nie, was da hinter einem
kommt, nur rückschauend ist alles kausal. auf
dem foto gibt es plastikkanister und einen
fremdkörper, der bewegt sich nicht. wie eine
schaufensterauslage, der man ansieht, dass
sie sich wundert. oberflächlich erschlossenes
land, stellenweise schon rückgebaut wie
das innenleben von schafen im ruhrgebiet.
renaturierte schweigestellen, dazwischen
die abkürzung, auf der du über kastanien
läufst: dunkelbraune einschläge im feld.

I'm not in the picture cause I took it.
(Touchy Mob)

die räder stehenlassen und der anderen person folgen.
die macht auf hungerkünstlerin, streichelt ihren bart wie
eine verirrte katze, eine kurze entfernung, in der sie
verschwimmt. kräusel im wasser, brausetabletten. ist es
so, dass jede bewegung einen stabilen punkt davor
impliziert, oder fängt das früher an? wie der verdacht,
jemand habe die falschen untertitel eingestellt und jetzt
keine lust, nochmal zurück auf anfang zu spulen. kriegst
das nicht auseinander. wie sie lacht, wenn sie stärker
ist. efeu, wie die enden durchscheinen, wie es ver-
wächst. isomorphie, sagt die andere person, welche
form kannst du halten? wenn ich dich anfasse, hier, und
dir nicht sage, wo das ist. die pronomen in der arm-
beuge, schwimm rüber. keins davon kommt mit auf die
rückseite deiner haare, die uferböschung hinauf.

windfiguren, balkonpflanzen und ihre sterbe-
rate. zwei häuserblocks weiter richtung abend
wächst ein zaun vor der fabrik, hinter dem
spielt jemand nachkriegswinter, verkauft die
aktuelle ausgabe einer alten angst: dass die
tage im sommer nicht länger werden, ihr licht
sich sammelt in den nähten um mittag, bis sie
aufreißen und das füllmaterial raustropft. ge-
schichten, die man im garten vergräbt, und
wenn sie nicht gestorben sind, dann doch zur
sicherheit. um später sprechen zu dürfen, nicht
immer nur briefe zu schreiben, die jahre später
in einer pappschachtel auftauchen. wie notlügen
und hände unter der decke bleibt das alles
spürbar, bleiben alle wach, verweigern heim-
weh: eine bewegung, in den taschen geballt.

lächeln fürs foto, deckungsgleich mit der aufnahme. du könntest beides sein, das motiv oder ein bild davon, bist aber zu nah dran, um das wichtig zu finden. und selbst wenn du wüsstest, worin er besteht: es reicht nicht aus, den unterschied zu kennen, du musst ihn auch anwenden können. er wird allerdings erst klar, wenn du genau das versuchst. maße bestimmen, mit kreide markieren, wo du zu ende gehst: schulter, schulter, kopf, fuß. paare deiner ränder, an denen alles andere beginnt. die korrelation zum beispiel oder der grund, was du sehen kannst und was du siehst. dein denken ist unvollständig, wie alles erlernte, und das ist die beste chance, zu entkommen: durch ein fahrlässig offengelassenes fenster, das existiert, weil du es nicht sehen kannst.

die dächer von weiter oben umgesiedelte wolken.
feingerippte pflanzen, die in den abend kriechen
und einfrieren. lichtflüchter. sie teilen das recht
aller dinge zu schweigen. wenn es nacht wird,
klettert die straßenbahn in ihren bau und schläft.
schonhaltung. erst am montag kommt wieder ein
mann, der sammelt milchzähne und zahlt gut.
manchmal nippt er an übriggebliebenen zweifeln,
die niemand weitervermieten mag, und erzählt
von fressspuren im holz, druckgebieten hinter
der parkanlage, dem immer gleichen albtraum,
jemand habe ihn verkehrt herum eingepflanzt;
seine äste spürten die bewegung von vögeln in
der erde, ihren aufbruch nach weiter oben.

WO DIE KÜHE HINGEHEN, WENN SIE ABGELAUFEN SIND

an der endhaltestelle war der tag geräumt: jemand
hatte einen geruch aus den ginsterbüschen gerissen
und seine ungeduld damit gefüttert. wir flanierten
durch hilflose industrieparks, vollgestellt mit schafen,
in halbstündigen abständen radfahrer. bruchsekunden,
sand in den schuhen und dieser wunsch, die vögel
mit tesa am tageslicht zu fixieren; eine unsicherheit
aufzuhalten, ohne sie zu auszusprechen. in diesem
abgezogenen gebiet suchten wir weiter nach auto-
wracks, erntehaufen, irgendwas, an dessen wund-
gescheuerter innenseite man einschlafen könnte.

überall osmose. man erklärt sie mit kirschen im regen, ihrer schale, wenn sie aufplatzt. ein lösungsmittel, wir haben lange danach gesucht. füllen es zur vorläufigen aufbewahrung in gläser und stoßen aneinander, wie die verschiedenen möglichkeiten einer änderung. dazu denken wir uns einen strand: das ist die richtige antwort, in fast jedem vorstellbaren fall. wir sinds, wir sitzen im sand zwischen kirschbäumen, die es hier gar nicht geben kann. die zeit läuft uns davon. wir trinken so viel wir können, aber solang der regen nicht aufhört, nähert sich das meer. obwohl sein salzgehalt dadurch stark reduziert ist, darf es auf keinen fall an die wurzeln kommen: kubikliterweise tränen, die ähnlichkeit ist fatal. spätestens jetzt wird klar, dass unsere suche ein fehler war: wenn die bäume von unten weinen, muss schon ganz zu beginn etwas schiefgelaufen sein.

entschalung, nach und nach. sie beginnt mit dem versuch, das geschlecht von wolkentieren zu bestimmen:
im entscheidenden moment drehen sie sich weg. du
musst neu anfangen, in einer hautfalte oberhalb des
linken ellenbogens oder am frühen abend, wenn ameisen
kommen und über einen stapel noch nicht verbauter
blöcke krabbeln. die tragenden wände stehen jetzt,
den rest kannst du morgen machen. wenn der horizont
sich landeinwärts verschiebt, von der oberkante der wand
kommst du fast dran. an einen umkehrschluss: wo es
kein dach gibt, da kann man rauswachsen. und draußen,
in den ästen, rosten die haare deiner großeltern, werden
ihre leben nacheinander begehbar, wie exponate
in einem freilichtmuseum: suchlandschaften, durch
die man stundenlang nach der fehlenden figur läuft.

im fernsehen warten alle auf den nächsten taifun; falls der nicht kommt, auf einen augenblick, in dem du mutig genug bist zu fragen. taipei, später august. verschlafene klimaanlagen und die verbindlichkeit von zufallsbekanntschaften, wenn sie erstmal anfangen zu fordern. alle fünf minuten kommt jemand zurück und will nicht sagen, wo er gewesen ist. malt dir geister auf den rücken (die meisten halten nicht besonders lang). gänsehaut: das wetter in den poren wie alleskleber. versuchsweise senkst du deine erwartungen, drehst die lautstärke auf gegen das sichere wissen, eine regel zu brechen, die du nicht kennst.

D'AFFRONTER

LA RÉALITÉ. «

du nimmst den hauptausgang, 500 m vormittag, dann nach rechts: wo die kühe hingehen, wenn sie abgelaufen sind. an der ampel verlieben sich menschen in dich, sie brauchen keine fünf minuten dafür und meinen es ernst. jeder von ihnen hat mindestens zwei namen, und den rest kann man sich einpacken lassen. auf der luftbrücke nach osten suchst du den knopf, mit dem sich der regen eingeschaltet hat, sammelst vortritte, die dir gelassen werden, legst maßstäbe an eine freundlichkeit, die dich erschlägt. was du hier brauchst, ist ein sicherheitsgurt, ein airbag fürs empfinden: dass die wünsche sich z. b. nur dann erfüllen, wenn du deinen geburtsort dazu sagst, viermal pro kleingott im meldeamt, wo eine katze wohnt, die türen öffnen kann.

ein ausflug am ende der übergangszeit: auf dem friedhof mirogoj fütterten wir zerstreute wappentiere, sie kamen aus gewohnheit zu spät. die nachhaltigkeit unserer schulbusängste erschreckte sie, schlug eine bresche zwischen abgleichbare erinnerungen, durch die jetzt wieder sonne kam, gemogelte mediterranität. sie klebte auf den kastanien und dieser zeitspanne, in der man groß wird und nichts dafür kann. ein schwarm rückkehrer setzte klammern in den himmel, kalkulierte unsere summe für später aus trinkpäckchen und apfelkitschen. die meisten gräber waren vor jahren schon sicherheitshalber reserviert worden, darum blieben wir sitzen, auf einer bank, in einem völligen kongruenz-fail, und beobachteten unsere zunehmend hilflosen schuhe.

zwischen warschau und minsk ein perfektes versteck für adjektive: der abend wirft blasen ins neuland, die suche ist klebrig, zieht sich lang. am rand haben allerwegsikonen eine kleine kolonie erschlossen; dahinter pappeln, wechselgeld in den taschen der aussicht, und noch weiter hinten klatschmohnfelder, farbbomben am ende des flugs. sie stellen zuerst das inventar und dann hauptsächlich störche, gesammelt in stapeln, an einer doppelt imprägnierten grenze. knappe 100 km vor dienstag lässt die sonne nach, verpackt das land zum transport.

riss in den wolken: dörfer, mit leuchtstift markiert. eine erinnerung, später nochmal über sie nach- zudenken. die rückfahrt ist dann weniger eine fahrt als ein vergleich, als die wiederholung eines ortes in umgekehrter reihenfolge. man kann immer reisen, aber an der karte ändert das nichts. sie zeigt ein limitiertes universum, auflagenhöhe: 200 stück. wobei sie das eher generell meint. ein richtwert, den ich am ende ignorieren werde, nur um zu schauen, ob dann was passiert. mit mir zieht die liebe eines großen schwarms. wie liebe halt ist: man geht die ganze strecke zurück und stellt dann fest, sie wäre schon auf dem hinweg mitgekommen. wir überqueren ein kohlrabifeld, justieren den lenkpunkt, halten an und plantschen im stream. wenn die wiederholung vorhin etwas verändert hat, ist jetzt der moment, um das zu bemerken.

What if I believe in this just because it's beautiful?

(Andrei Linde)

die räder stehen lassen entstand für das „Metamorphosen"-Programm des Zeitkunstfestivals 2013 und reagiert auf die Verse 274-388 im 4. Buch von Ovids *Metamorphosen*, die die Geschichte von Hermaphroditos schildern.

ein ausflug am ende der übergangszeit ist Nina Beuermann gewidmet; *das problem ist, man kann leuten nicht immer träume in den arsch schieben* ist für Olivia von Keyserlingk, *du nimmst den hauptausgang* für Cai Xiaomi und *ziegen* für Maria Natt.

Dem Verlagshaus J. Frank | Berlin, Tillmann Severin, G13, meinen Eltern und allen anderen, ohne die es dieses Buch nicht gäbe: Danke.